Mes petites énigmes

Du CP au CE1
6-7 ans

JEUX ET ÉNIGMES

Auteurs
Michèle Lecreux
avec
Éric Berger
Pascal Guichard
Clémence Roux de Luze

Illustrateur
François Ruyer

hachette
ÉDUCATION

Dans ce petit livre, plus de 80 enquêtes et énigmes t'attendent pour mettre ton cerveau au défi.

Pas besoin d'être le meilleur en maths ou incollable en français, il te suffira d'ouvrir l'œil et de ne laisser passer aucun indice pour prouver que tu es un as de la logique !

Et maintenant, à toi d'affronter les enquêtes policières, les énigmes logiques, les rébus, les charades et les grilles pour t'initier aux mystères du futoshiki ou de la bataille navale.

Si tu es prêt pour l'aventure, tourne la page et bienvenue au pays des énigmes !

Conception de la maquette : Karine Nayé
Conception et réalisation de la couverture : Hung Ho Thanh
Illustrations de couverture : Coralie Vallageas
Mise en pages : Pascal Guichard

I.S.B.N. : 978-2-01-714802-9
www.parascolaire.hachette-education.com

Achevé d´imprimer en mars 2024 en Espagne par Grafo
Dêpot légal : Avril 2022 - Édition 03 - 15/2243/0

Sommaire

Enquêtes policières

Énigmes et quiz

Énigmes logiques

Énigmes mathématiques

Énigmes géométriques

Énigmes visuelles

Les pommes

Combien pèse une pomme ?  = 106g

En voiture !

Théo et son papa sont partis de chez eux à 11 heures pour aller chez les grands-parents du garçon. Ils sont arrivés exactement une heure plus tard.

Quelle heure était-il quand Théo et son papa sont arrivés ?

A

B

C

Au voleur !

Mamie Martin, la fermière, est très ennuyée. Depuis la semaine dernière, elle ne trouve plus aucun œuf dans son poulailler !

Mamie Martin a d'abord cru que ses poules étaient malades jusqu'au moment où elle a découvert des coquilles d'œufs au bout de son jardin.

Et là, mamie Martin a tout compris : un voleur visite son poulailler toutes les nuits.

Elle soupçonne les fouines de la forêt voisine mais voudrait bien savoir laquelle se régale de ses œufs.

Regarde bien la page voisine et aide mamie Martin à démasquer le voleur.

Géométrie

Aide Annie a rejoindre sa maison pour faire ses devoirs. À chaque carrefour, lis la question, choisis la bonne réponse et tu seras sur le bon chemin.

Au bac à sable

Quatre enfants jouent dans un parc. Trouve le prénom de chaque enfant si tu sais que Marc est le plus haut perché, que Virginie n'est pas sur la balançoire, que Méline est blonde et que Thomas ne joue pas.

Futoshiki

Remplis cette grille pour que tous les chiffres de 1 à 4 soient inscrits une seule fois sur chaque ligne et chaque colonne.

4		2		3		1
				v		
2		3	>	1		4
				^		
1		4	>	2		3
						v
3		1		4		2

Pour t'aider, les signes < (plus petit que) et > (plus grand que) te renseignent sur les deux chiffres contenus dans les deux cases voisines.

Rébus

Dis à haute voix ce que tu vois écrit ou dessiné ici pour décoder ce rébus.

L'automne

Bravo ! Tu as presque fini ce puzzle.
Il ne te reste plus que trois pièces à placer.
Parmi les quatre qui sont disponibles,
laquelle ne servira pas ?

C'est pas moi !

Théo espérait se régaler en dévorant le gâteau au chocolat que sa mamie lui avait promis de préparer. Elle n'avait prévenu personne et seul Théo était dans le secret. Mais, sur la table de la cuisine, il ne trouva que quelques miettes et un plat vide...

Théo se doute qu'un de ses frères a dû se servir mais comment savoir lequel ?

Fred, le plus grand, prétend qu'il n'est jamais entré dans la cuisine.

Martin, qui porte des lunettes et qui est le plus gourmand des quatre frères, déclare qu'il vient juste d'arriver.

Pierrot ajoute que, lui, il n'aime pas les gâteaux au chocolat.

Théo est bien ennuyé mais, toi, tu as sûrement déjà trouvé qui est le voleur de gâteau.

Bonne fête, maman !

Pour la fête des Mères, Clémentine a préparé une belle surprise pour sa maman.

Si tu veux la voir, colorie chaque case de la même couleur que le point qu'elle contient.

L'aquarium

Quatre objets inattendus sont tombés dans cet aquarium. Les vois-tu ?

Les cubes

Parmi ces cinq formes, laquelle a servi à fabriquer ce cube par pliage ?

A

B

C

D

E

Voilà le facteur !

Ce matin, le facteur apporte une lettre dans chacune de ces maisons. Complète l'adresse sur les quatre enveloppes et ajoute le numéro qui manque grâce à ces renseignements :

– Une fille habite au numéro 4.
– José habite la maison qui a le plus grand numéro.
– Le numéro de la maison de Paul est plus petit que celui de la maison de Manuel.

Animaths

Trouve la valeur de chaque animal pour que ces opérations soient justes.
Pour t'aider, un des nombres est déjà décodé.

Les dominos

Place ces trois dominos au bon endroit pour avoir quatre éléments différents sur chaque ligne et chaque colonne.

Minou est parti

Minou s'est échappé et madame Legris cherche son chat. Elle n'est pas trop inquiète car Minou a très peur des voitures, elle est donc certaine qu'il n'est pas sorti dans la rue.

Madame Legris a commencé à frapper aux portes de ses voisins pour trouver qui a recueilli Minou.

Sur l'image de la page voisine, elle rencontre madame Majoue, devant sa porte, qui lui dit :

« Non, non, je n'ai pas vu votre chat. D'ailleurs, je suis allergique aux poils des animaux et, s'il était venu ici, je l'aurais chassé ! »

Madame Legris n'est pas convaincue. Et toi ?

Touché ! Coulé !

Cette grille représente un port où sont placés six bateaux. Trouve l'emplacement de chaque bateau en t'aidant des chiffres inscrits autour de la grille ; ils t'indiquent combien de cases tu dois colorier sur la ligne ou la colonne correspondante.
Les bateaux ne se touchent jamais, même pas par un coin, et il y a toujours des cases vides entre eux.

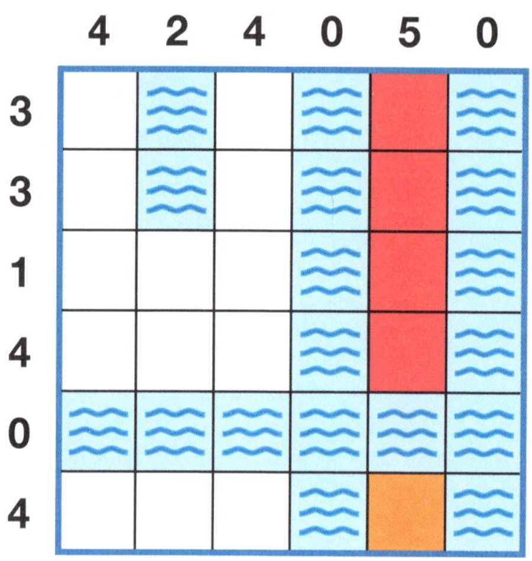

Pour commencer : les deux paquebots de 3 cases chacun se trouvent sur la quatrième et la sixième ligne. Après les avoir placés, pense à colorier les cases voisines en bleu car elles doivent rester vides.

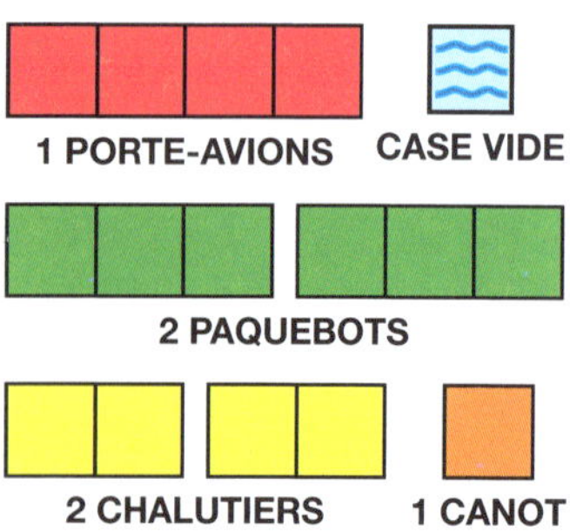

Tour de magie

Si tu es aussi fort qu'un magicien, trouve la carte mystère qui n'est ni un as, ni un roi, ni un valet, ni un carreau, ni un trèfle.

Suite logique

Quelle fleur dois-tu ajouter pour que cette suite de dessins soit logique ?

À la mer

Trouve les bonnes réponses aux questions, puis note les lettres correspondantes dans les cases et tu liras le nom d'une boisson.

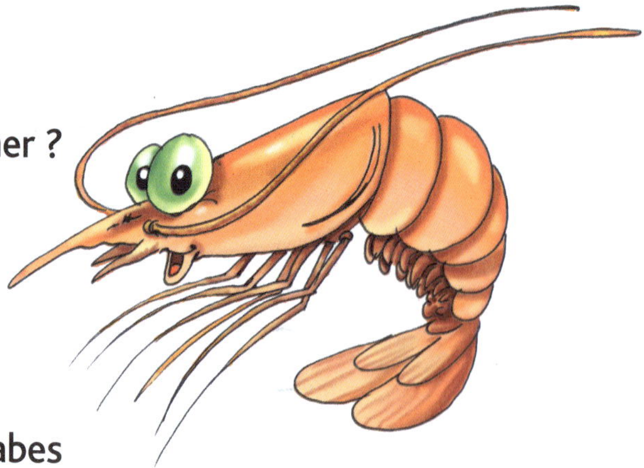

1. Quel goût a la mer ?

E – Salé.

F – Sucré.

G – Poivré.

2. Combien de syllabes contient le mot CREVETTES ?

Z – 2.

A – 3.

B – 4.

3. Qu'es-ce qui fait avancer les bateaux à voile ?

T – Un moteur.

U – Le vent.

V – Des rames.

E	A	U

Où est Médor ?

Médor est caché dans le jardin.
Pour savoir où il se cache, prends un crayon,
pars du point noir puis suis les consignes.

Pars du point noir de la case A5, descends en C7,
puis tout droit en F7. Tourne vers la gauche jusqu'en F3,
remonte en C3 puis rejoins ton point de départ.

Pas de piscine

C'est les vacances et il fait très chaud, mais il est encore trop tôt pour aller dans la piscine.

Quand elle revient des courses, la maman de Tom, Pablo et Adrien demande à chacun ce qu'ils ont fait pendant son absence.

« Je me suis reposé dans ma chambre », annonce Tom en recoiffant ses cheveux blonds.

« J'ai ramassé les mauvaises herbes en restant à l'ombre », explique Adrien.

« J'ai fait mes devoirs de vacances », dit Pablo qui a un tee-shirt jaune.

La maman des enfants a des doutes et sait qu'un seul dit la vérité... Lequel selon toi ?

Bon appétit !

Aide les animaux à rejoindre la ferme. À chaque carrefour, lis la question, choisis la bonne réponse et tu seras sur le bon chemin.

Dans la jungle

Une famille de singes s'amuse dans les arbres. Peux-tu reconnaître chaque membre de la famille si tu sais que la maman se tient suspendue par la queue, que le père est le plus grand, que le garçon est gourmand et que la fille grimpe à l'arbre ?

Futoshiki

Remplis cette grille pour que tous les chiffres de 1 à 4 soient inscrits une seule fois sur chaque ligne et chaque colonne.

1		3		2		4
^						
3		4		1	<	2
				^		
4	>	2		3		1
2		1		4		3

Pour t'aider, les signes < (plus petit que) et > (plus grand que) te renseignent sur les deux chiffres contenus dans les deux cases voisines.

Rébus

Dis à haute voix ce que tu vois écrit ou dessiné ici pour décoder ce rébus.

En classe

Bravo ! Tu as presque fini ce puzzle.
Il ne te reste plus que trois pièces à placer.
Parmi les quatre qui sont disponibles,
laquelle ne servira pas ?

Animaths

Trouve la valeur de chaque animal pour que ces opérations soient justes.
Pour t'aider, un des nombres est déjà décodé.

 = …  = …  = …  = …  = 4

Le carrelage

La maison de Mathilde est en pleins travaux. Pendant que les parents finissent de peindre les murs des chambres, le cousin Gaston s'occupe du carrelage de la cuisine.

Combien de carreaux jaunes et combien de carreaux noirs doit-il encore placer ? 4■ 8□

L'heure du goûter

Natacha, Victor, Paul et Cathy sortent du cours de gym.

Natacha fouille dans son sac pour prendre son goûter et sa boîte de jus d'orange mais ne trouve plus rien.

« Eh bien ! qui m'a pris mon goûter ? » s'exclame-t-elle.

Cathy en pantalon rose jure que ce n'est pas elle. Victor qui porte un sac à dos rouge dit qu'il ne goûte jamais et Paul qui a un sac à dos bleu affirme qu'il n'aime pas le jus d'orange.

Natacha est furieuse. Elle dit qu'elle veut bien partager son goûter, mais pas qu'on le lui vole ! Regarde bien le dessin et aide-la à deviner qui lui a pris la boîte de jus d'orange.

Attention, danger !

Il ne faut pas manger tout ce que l'on trouve dans la forêt. Le petit renard devrait se méfier !

Si tu veux savoir pourquoi il doit faire attention, colorie chaque case de la même couleur que le point qu'elle contient.

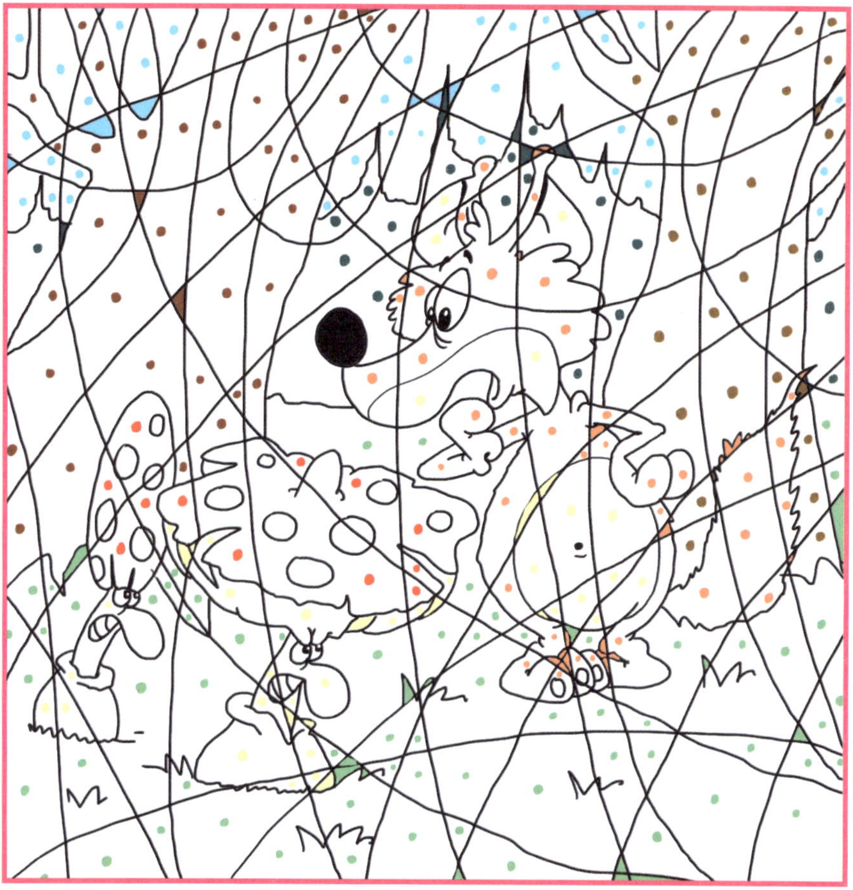

La cuisine

Pendant que maman prépare un gâteau,
trouve trois éléments bizarres dans cette cuisine.

Les cubes

Parmi ces cinq formes, laquelle a servi à fabriquer ce cube par pliage ?

A

B

C

D

E

Les robots

Combien pèse un robot ?  = 100g/150g ou 50g

Le goûter

Toutes les boîtes de cakes contiennent 6 petits gâteaux et tous les paquets d'eau contiennent 2 bouteilles.

Combien faut-il de paquets d'eau pour avoir autant de bouteilles qu'il y a de cakes dans 2 boîtes ?

4 paquets | 6 paquets | 2 paquets

Un anniversaire enchanté

C'est l'anniversaire de Sabine, la petite sorcière. Il va y avoir des cadeaux, des jeux et un superbe gâteau, comme celui de l'année dernière que tu vois sur la photo posée sur la petite table.

La grand-mère de Sabine l'appelle au téléphone et lui dit :

« Bon anniversaire ! Je t'envoie mon cadeau par la poste : c'est une collection de baguettes magiques. Il y en a autant que tu auras d'années après ton anniversaire. »

Peux-tu dire combien de baguettes Sabine va recevoir ? Si tu hésites, n'oublie pas de bien regarder la photo de l'anniversaire de l'année dernière.

Touché ! Coulé !

Cette grille représente un port où sont placés six bateaux. Trouve l'emplacement de chaque bateau en t'aidant des chiffres inscrits autour de la grille ; ils t'indiquent combien de cases tu dois colorier sur la ligne ou la colonne correspondante.
Les bateaux ne se touchent jamais, même pas par un coin, et il y a toujours des cases vides entre eux.

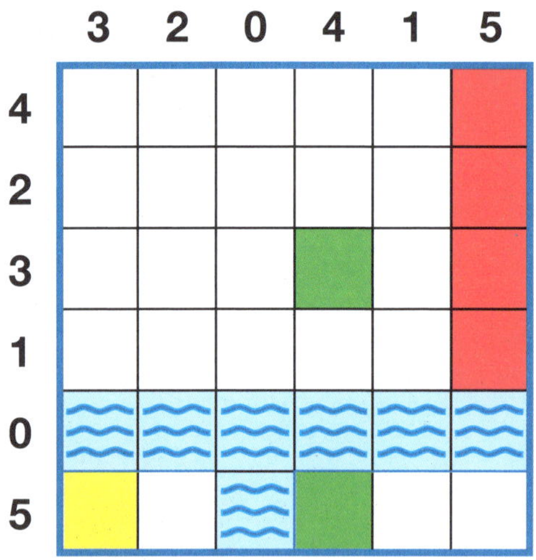

Pour commencer : souviens-toi que les cases voisines d'un bateau sont toujours vides. Colorie donc en bleu les cases qui entourent le porte-avions.

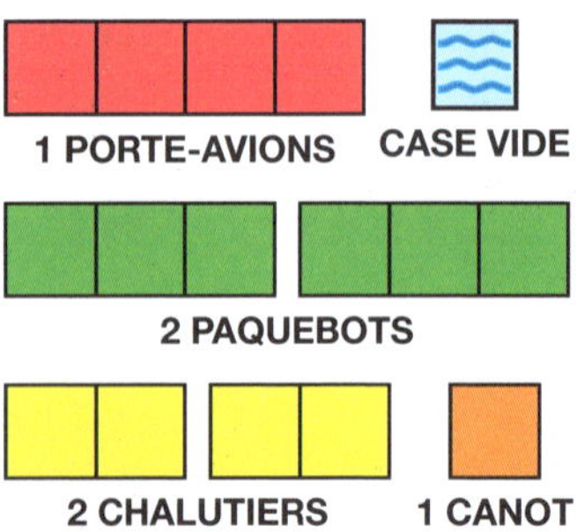

Au marché

Ce matin, Damien, Ana, Léa et Ève sont allés au marché. Trouve le prénom de chaque enfant d'après ces renseignements :

– Léa porte le sac le plus lourd.
– Un garçon a acheté les bananes.
– Ève a moins de fruits qu'Ana.

Les cubes

Parmi ces cinq formes, laquelle a servi à fabriquer ce cube par pliage ?

A

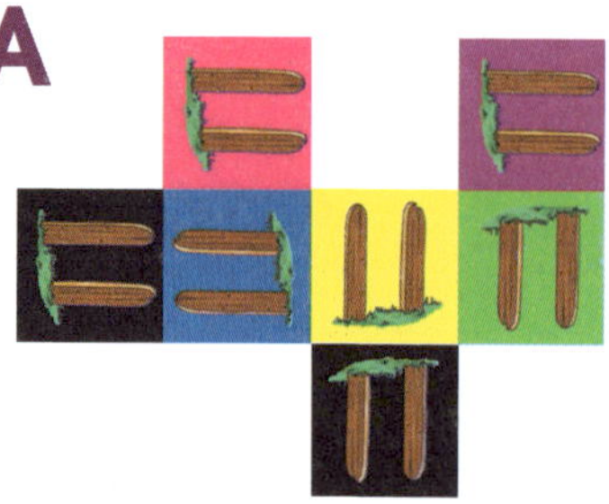

B

C

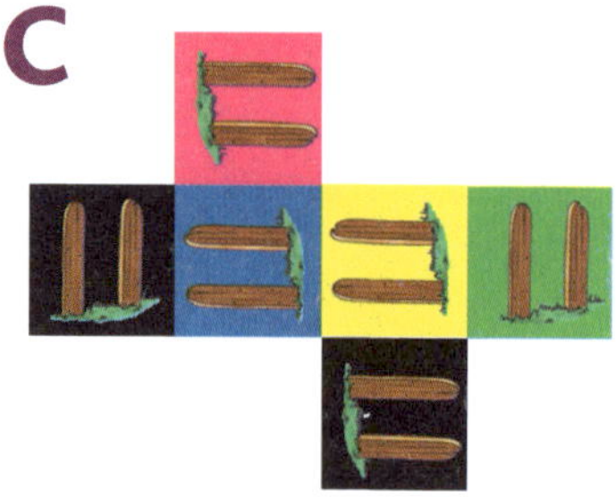

D

E

Les deux trains

Deux trains partent exactement au même moment de deux gares distantes de 100 km. Quand ils se croisent, le premier train a parcouru 60 km et le second 40 km. Lequel des deux roule le plus vite ?

Suite logique

Quelle forme géométrique dois-tu ajouter pour que cette suite soit logique ?

Bon appétit !

Trouve les bonnes réponses aux questions, puis note les lettres correspondantes dans les cases et tu liras où se promènent les chevaux.

1. Quel fruit n'a pas de pépins ?

N – Le raisin.

O – La pomme.

P – L'abricot.

2. À partir de quoi fabrique-t-on du pain ?

Q – Du maïs.

R – Du blé.

S – De la pomme de terre.

3. Qu'utilise-t-on pour fabriquer du fromage ?

C – Du beurre.

D – De la farine.

E – Du lait.

Il était un petit navire...

Pour admirer le bateau qui va atteindre l'île déserte, prends un crayon, pars du point noir puis suis les consignes.

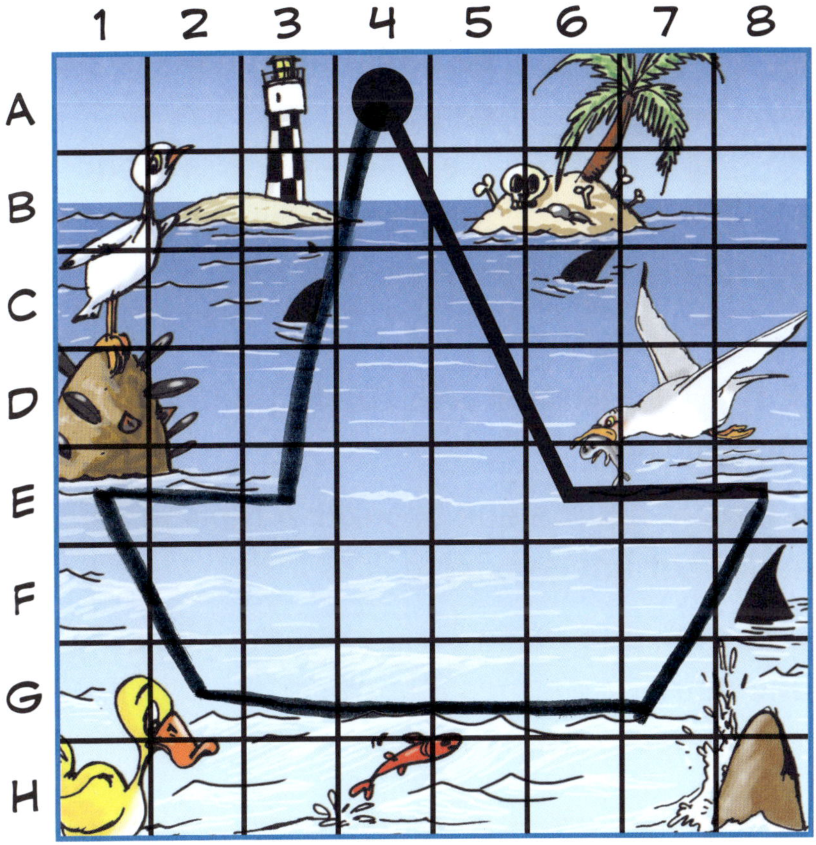

Pars du point noir de la case A4, descends vers E6, tourne vers E8. Descends en G7, tourne vers G2, remonte en E1, tourne vers E3 et rejoins ton point de départ.

La plage

Yannick était pourtant certain d'avoir rangé le volant avec les raquettes de badminton dans le sac de plage.
C'est sûrement sa sœur Juliette et ses copines qui lui ont fait une farce.

« Je n'ai pas ton volant, tu sais que je déteste le sport » s'énerve Juliette en train de manger une gaufre.

« Moi, je n'aime que bronzer » répond Valérie, assise sur une serviette.

« Et moi, que nager ! » s'exclame Alice, une paire de palmes à la main.

Yannick ne sait plus quoi penser.
Peux-tu l'aider à trouver qui a fait le coup ?

Calcul

Trouve les bonnes réponses aux questions,
puis note les lettres correspondantes dans les cases
et tu liras un article indéfini.

1. Combien font 23 + 36 ?

S – 49.

T – 55.

U – 59.

2. Quel est le double du nombre 11 ?

M – 15.

N – 22.

O – 36.

3. Quelle est la moitié de 16 ?

D – 10.

E – 8.

F – 24.

U	N	C

Les vélos

Louna a invité quatre amis à jouer chez elle, mercredi après-midi. Peux-tu dire à qui appartient chacun des vélos si tu sais que Mathilde a un vélo rouge, que Mila a un porte-bagages, que Paul a posé le sien dans le garage et que le vélo de Léa n'est pas rouge ?

Futoshiki

Remplis cette grille pour que tous les chiffres de 1 à 4 soient inscrits une seule fois sur chaque ligne et chaque colonne.

2	1	4	3
1 <	3	2	4
3	4	1	2
4	2	3	1

Pour t'aider, les signes < (plus petit que) et > (plus grand que) te renseignent sur les deux chiffres contenus dans les deux cases voisines.

Rébus

Dis à haute voix ce que tu vois écrit ou dessiné ici pour décoder ce rébus.

Préhistoire

Bravo ! Tu as presque fini ce puzzle.
Il ne te reste plus que trois pièces à placer.
Parmi les quatre qui sont disponibles,
laquelle ne servira pas ?

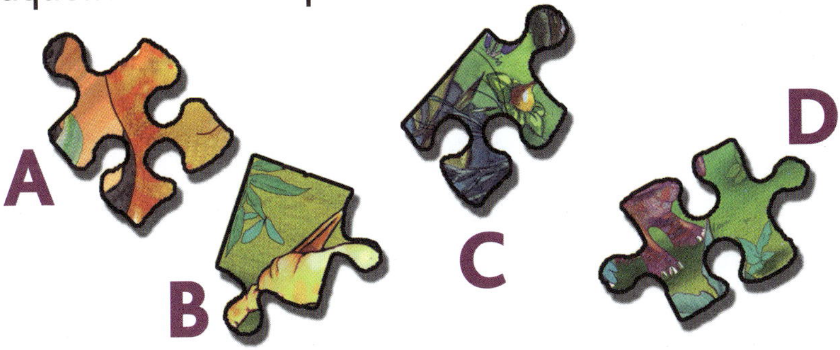

Le code secret

Un espion doit ouvrir un coffre-fort qui contient un document ultra-secret mais il ne connaît pas la combinaison qui permet de le faire.

Heureusement, l'espion a trouvé une lettre qui contient peut-être la solution à son problème.

Sur ce papier, il lit ce texte étrange :

« Prends ta calculette et trouve le résultat de cette opération : 300 + 70 + 1.
Et surtout, n'oublie pas de retourner la calculette ! »

L'espion obéit, trouve le résultat de l'addition : 371 mais ce code ne fonctionne pas !

Peux-tu l'aider en pensant à regarder la calculette à l'envers ?

ПРАВДА
E
T
D
I
371

Les cubes

Combien pèse un cube ?  = ...

Le nombre mystérieux

Quel est le nombre mystérieux qui a été remplacé par un point d'interrogation dans ces opérations ?

$$? + ? + ? + 4 = 7$$

$$? + ? + ? + 7 = 10$$

Dans le désert

Trouve trois éléments qui ne sont pas à leur place dans cette oasis.

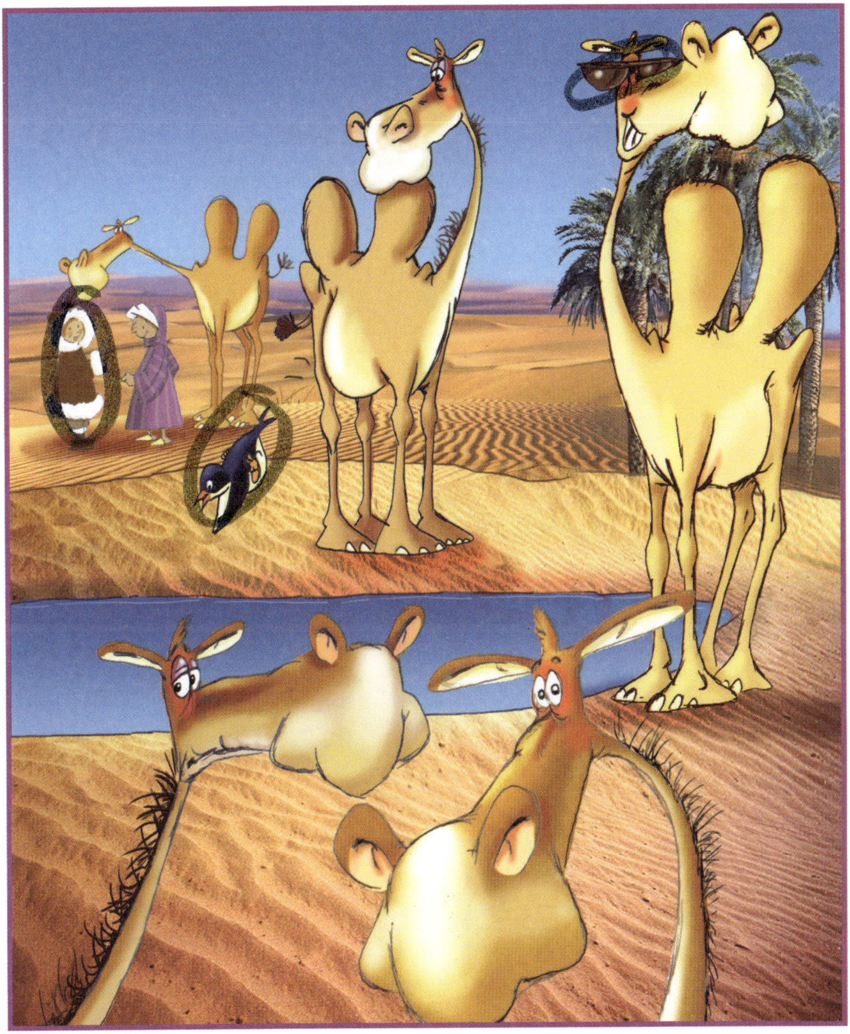

Bon anniversaire !

C'est l'anniversaire de Célia.
Pour savoir ce que sa mamie lui a préparé, colorie chaque case de la même couleur que le point qu'elle contient.

La cloche a sonné

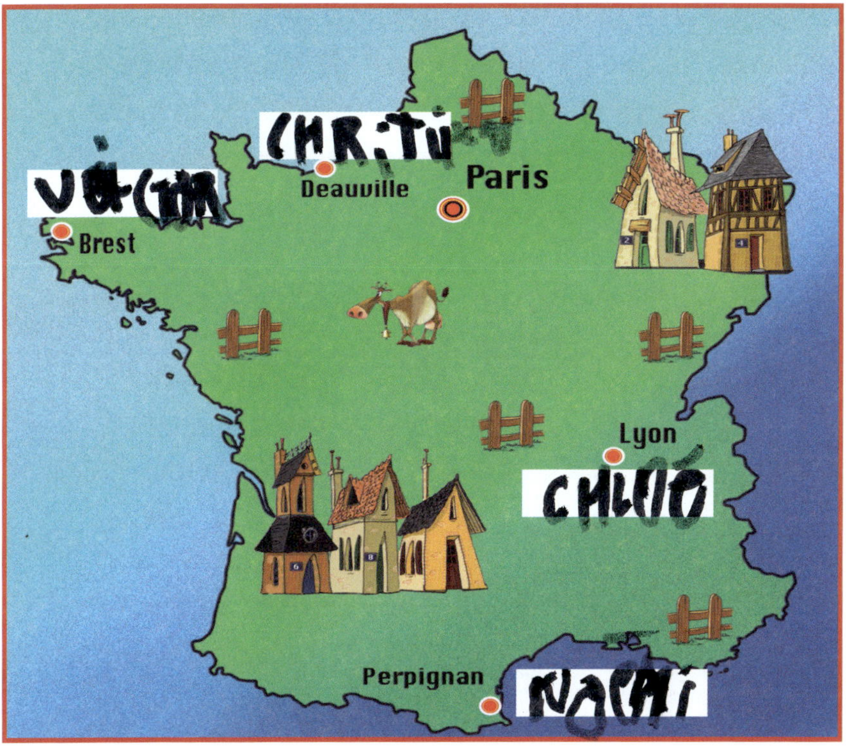

C'est la fin de l'année scolaire pour l'école parisienne Deschamps. Tous les élèves ont leurs prochaines vacances en tête. En t'aidant de ces renseignements, note le prénom de chaque enfant dans la case proche de la ville qu'il va visiter :

– Noémie va le plus loin.
– Victor et Christian vont au bord de la mer.
– Chloé va dans la direction de Marseille.
– Christian est le plus proche de Paris.

Touché ! Coulé !

Cette grille représente un port où sont placés six bateaux. Trouve l'emplacement de chaque bateau en t'aidant des chiffres inscrits autour de la grille ; ils t'indiquent combien de cases tu dois colorier sur la ligne ou la colonne correspondante.
Les bateaux ne se touchent jamais, même pas par un coin, et il y a toujours des cases vides entre eux.

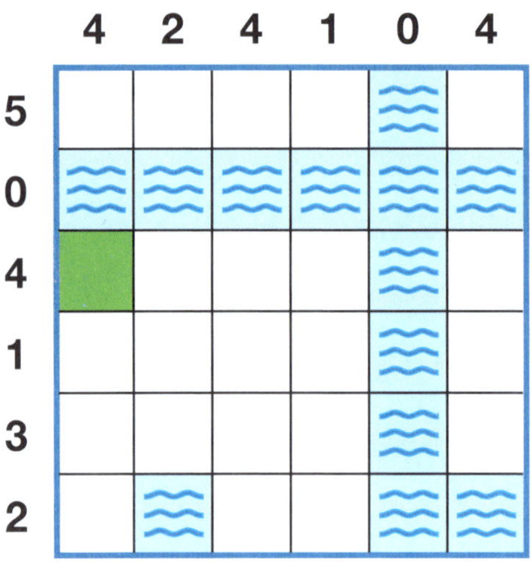

Pour commencer : place d'abord le porte-avions sur la première ligne puis cherche où peuvent se trouver les deux paquebots.

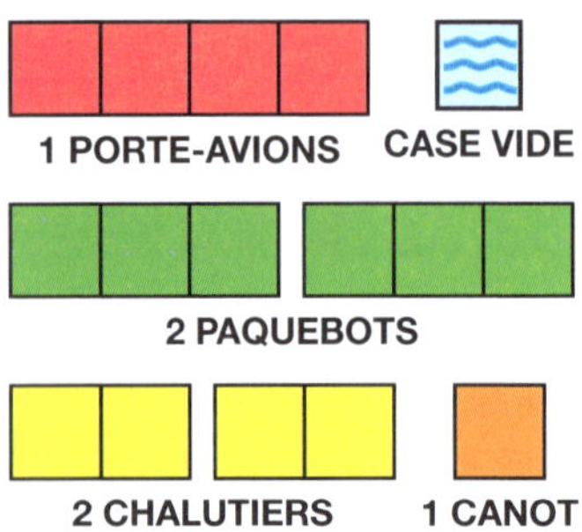

Le partage

Trace seulement deux lignes droites pour séparer les animaux herbivores des animaux carnivores.

Les dinosaures

Le directeur du musée de la Préhistoire a organisé une grande exposition. L'affiche annonce : « venez admirer six fossiles authentiques découverts en Sibérie ». Aujourd'hui, le détective Laloupe s'est rendu au musée.

En entrant dans la grande salle, le détective se met à rire et s'écrie :

« Mais, c'est impossible, ces dinosaures ne sont pas tous des vrais fossiles ! »

Le directeur du musée est surpris et il lui demande :

« Et comment le savez-vous ? »

Et toi, sais-tu pourquoi tous les dinosaures que tu vois ici ne peuvent pas avoir été découverts en fouillant la terre ?

Animaths

Trouve la valeur de chaque animal pour que ces opérations soient justes.
Pour t'aider, un des nombres est déjà décodé.

Zoologie

Aide Samuel à rejoindre sa pelle pour finir son château de sable. À chaque carrefour, lis la question, choisis la bonne réponse et tu seras sur le bon chemin.

Bon anniversaire !

Mamie a préparé quatre cadeaux pour ses deux petits-enfants. Sur chaque cadeau, tu vois l'étiquette avec le prix que mamie n'a pas encore retirée. Elle veut offrir à chaque enfant deux cadeaux d'une valeur totale de 5 euros. Comment va-t-elle s'y prendre ?

Suite logique

Quel mois dois-tu ajouter pour que ce calendrier soit logique ?

Perdu dans la ville

Pour connaître la direction à suivre, prends un crayon, pars du point noir puis suis les consignes.

Pars du point noir de la case F3, monte en D1, tourne vers B3, descends en C3. Va tout droit en C7, descends en E7 tourne vers E3 et rejoins ton point de départ.

Paysage marin

Quand la famille d'Alicia est en vacances, ses parents achètent toujours des souvenirs pour les offrir à leurs amis.

Ce jour-là, ils admirent un petit tableau qui représente le port où ils se promènent tous les jours.

Le marchand de souvenirs leur dit :

« Ce tableau a été peint par un artiste du pays qui a beaucoup de talent et que vous pouvez voir ici, tous les matins, en train de travailler à ses prochaines toiles. »

Pourtant, après avoir bien regardé le tableau et le paysage, Alicia conseille à ses parents de ne pas l'acheter car elle ne pense pas que ce soit l'artiste local qui l'ait peint.

Et toi, es-tu d'accord avec Alicia ?

31

Au marché

Aide Pierre à préparer sa liste de courses avant d'aller au marché. À chaque carrefour, lis la question, choisis la bonne réponse et tu seras sur le bon chemin.

La meute

Quatre chiens jouent dans la cour. Peux-tu rendre leur nom à chacun si tu sais que Milou est blanc et joue à la balle, que Médor est le plus grand, que Pollux n'est pas en train de manger et que le quatrième se nomme Titou ?

Futoshiki

Remplis cette grille pour que tous les chiffres de 1 à 4 soient inscrits une seule fois sur chaque ligne et chaque colonne.

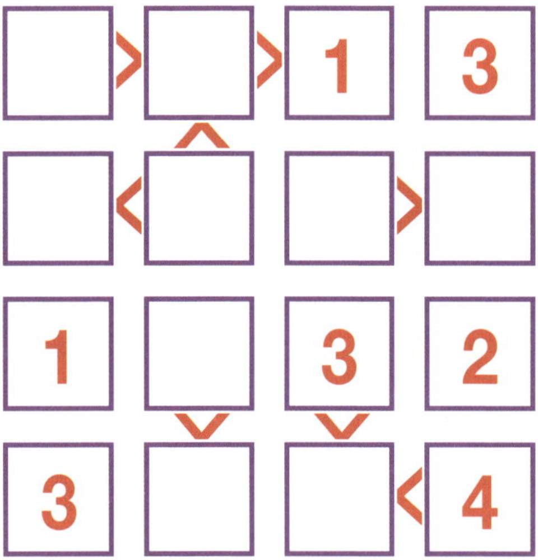

Pour t'aider, les signes < (plus petit que) et > (plus grand que) te renseignent sur les deux chiffres contenus dans les deux cases voisines.

Rébus

Dis à haute voix ce que tu vois écrit ou dessiné ici pour décoder ce rébus.

Les extraterrestres

Bravo ! Tu as presque fini ce puzzle.
Il ne te reste plus que trois pièces à placer.
Parmi les quatre qui sont disponibles,
laquelle ne servira pas ?

A

B

C

D

Les balles

Combien pèse une balle ?  = ...

Les bonbons

Un sachet contient 15 bonbons avec un bonbon à la menthe de plus que de bonbons à la fraise.

Combien de bonbons de chaque sorte y a-t-il dans le sachet ?

A

B

C

Sur la route

Pour voir ce qui passe sur la route, au milieu des champs, prends un crayon, pars du point noir puis suis les consignes.

Pars du point noir de la case E6, descends en F8 puis en G8. Va tout droit vers G1, remonte de D2, tourne vers D5 et rejoins ton point de départ.

Le détective

Le détective Laloupe suit un dangereux voleur que la police recherche. Ce matin, il s'est installé à la terrasse d'un café et il fait semblant de lire tout en surveillant les passants pour surprendre le voleur.

Pourtant, malgré tout son talent, le détective n'a aucune chance de réussir sa mission. En sortant de chez lui, le voleur l'a tout de suite repéré et il s'est caché.

Notre détective a en effet commis une grosse erreur et il est facilement repérable au milieu des autres personnes assises autour de lui.

Vois-tu quelle est cette erreur ?

DETECTIVE
ПРАВДА
The I.S.E.Z. will soon be dissolved
Saddamistan remains a threat
to nations; recent Zoria bullying
DETECTIVE
20 PAGES
DETECTIVE PRIVE

Jeu vidéo

Pour voir l'écran de ce jeu vidéo mystérieux, colorie chaque case de la même couleur que le point qu'elle contient.

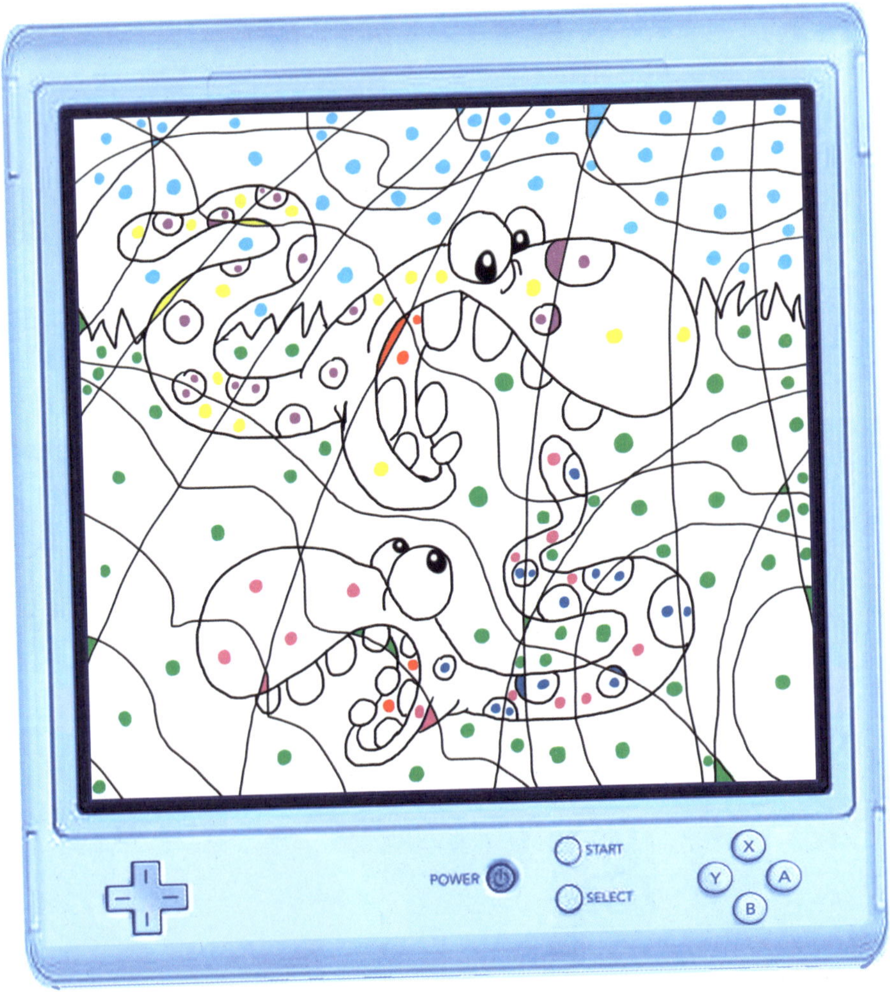

Animaths

Trouve la valeur de chaque animal pour que ces opérations soient justes.
Pour t'aider, un des nombres est déjà décodé.

Calendrier

Trouve les bonnes réponses aux questions, puis note les lettres correspondantes dans les cases et tu liras le nom d'un mois du calendrier.

1. Quel est le premier mois de l'année ?

M – Janvier.

N – Décembre.

O – Février.

2. Que fête-t-on le 25 décembre ?

Y – Pâques.

Z – Ton anniversaire.

A – Noël.

3. Quel est le dernier jour de la semaine ?

H – Samedi.

I – Dimanche.

J – Lundi.

M	A	i

Rentrée des classes

Dans la classe de mademoiselle Thébault, il y a 14 tables à deux places. Cette année, 22 élèves entrent au CP dans sa classe. Combien de tables resteront libres ?

Suite logique

Quelle heure dois-tu écrire pour que cette suite soit logique ?

Rendez-vous

Deux espions ont rendez-vous pour échanger des documents secrets.
Mais, comme ils ne se sont jamais rencontrés, ils ont décidé de porter des signes distinctifs pour se reconnaître.

Antoine a dit :
« J'aurai des moustaches, des lunettes noires, un pull rayé et un sac à dos. »

Marcel a répondu :
« J'aurai une barbe, une casquette, un pantalon bleu et un sac à dos. »

Mais, quand ils arrivent, les deux espions ont bien du mal à se reconnaître.

Peux-tu les aider en relisant soigneusement les descriptions ?

Tic Tac
Tic
Tac
Tic Tac

Touché ! Coulé !

Cette grille représente un port où sont placés six bateaux. Trouve l'emplacement de chaque bateau en t'aidant des chiffres inscrits autour de la grille ; ils t'indiquent combien de cases tu dois colorier sur la ligne ou la colonne correspondante.
Les bateaux ne se touchent jamais, même pas par un coin, et il y a toujours des cases vides entre eux.

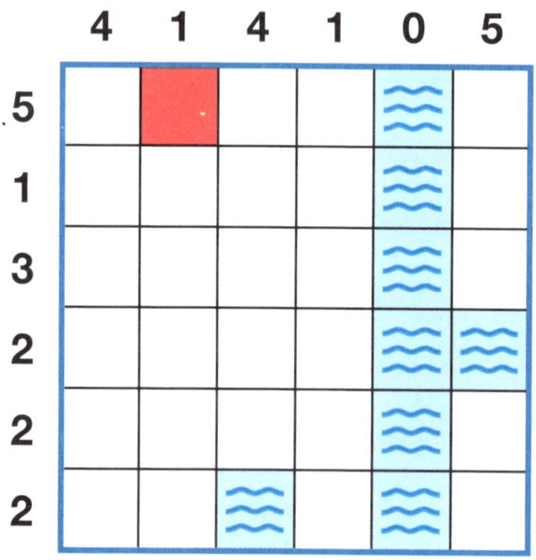

Pour commencer : regarde bien les chiffres autour de la grille et tu verras que le porte-avions ne peut se trouver qu'à un seul endroit.

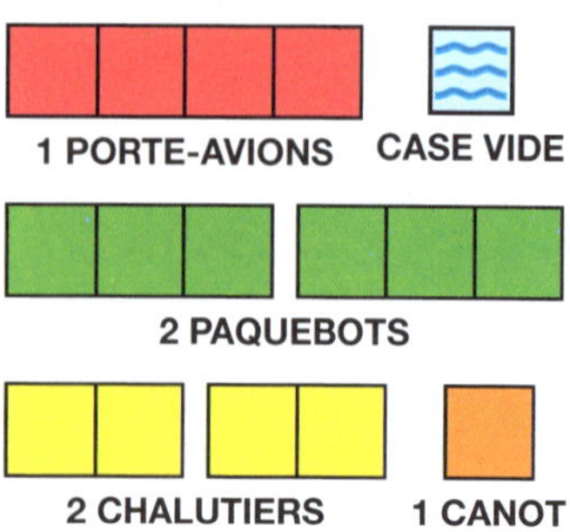

Déviation

Paul vit au village de Gaucheville et son copain Théo à Droitebourg. Tous les mercredis, Paul invite Théo à venir jouer. Théo parcourt en vélo la route qui va de Gaucheville à Droitebourg. Cela représente un parcours de 10 km. Mais aujourd'hui Théo a une mauvaise surprise : la route est coupée par des travaux et il doit suivre la déviation que tu vois sur le dessin.

Combien de kilomètres de plus que d'habitude Théo va-t-il parcourir ?

A : 10 km B : 14 km C : 17 km

Drôle de grotte

Dans cette scène, trouve trois éléments que les hommes préhistoriques n'ont pas pu connaître.

page 5

Les pommes

3 pommes = 300 g
1 pomme = 100 g

En voiture !

Réponse B : Théo et son papa sont arrivés à 12 h.

page 6

Au voleur !

La fouine dont le terrier est tout à fait à droite est la voleuse. La coquille d'œuf abandonnée à l'entrée l'a trahie ainsi que ses traces.

page 8

Géométrie

page 9

Au bac à sable

1 - Marc, 2 - Virginie,
3 - Méline, 4 - Thomas.

page 10

Futoshiki

4	2	3	1
2	3	1	4
1	4	2	3
3	1	4	2

Rébus

Parapluie (pas – rat – pluie).

page 11

Puzzle

La pièce B.

page 12

C'est pas moi !

Sur l'image, tu as reconnu de gauche

à droite Fred, le plus grand, Martin et ses lunettes, et ce coquin de Pierrot avec ses doigts et son tee-shirt tachés de chocolat. C'est donc Pierrot qui a dévoré le gâteau de Théo.

page 15
L'aquarium

page 16
Les cubes

C

page 17
Voilà le facteur !

2 : Paul Hochon. 4 : Manon Dulée. 6 : Manuel Hafroid. 8 : José Bu.

page 18
Animaths

page 19
Les dominos

page 20
Minou est parti

Madame Majoue dit qu'elle est allergique aux chats mais tu vois chez elle : un bol de lait et une assiette de croquettes que Minou aimerait bien déguster.
De plus, tu remarques que madame Majoue est si enrhumée qu'elle a utilisé beaucoup de mouchoirs en papier.
Tous ces indices te font penser que Minou est bien chez elle.
Sans doute veut-elle faire une farce à sa voisine ?

page 22
Touché ! Coulé !

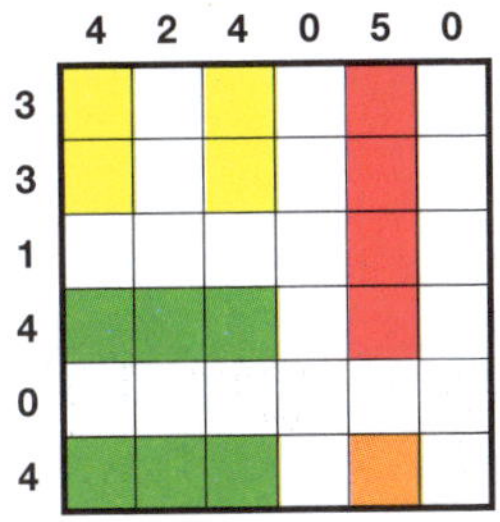

page 23
Tour de magie
La dame de cœur.

Suite logique
Chaque fleur a un pétale de plus que la précédente. La prochaine fleur doit avoir cinq pétales.

page 24
À la mer
EAU

page 25
Où est Médor ?

page 26
Pas de piscine
Tom, qui a des cheveux blonds, et Pablo qui porte un tee-shirt jaune ont les cheveux tout mouillés.
En voyant les gouttes d'eau qui en dégoulinent, maman se dit qu'ils sont sans aucun doute allés dans la piscine. Elle pense donc que seul Adrien a obéi.

page 28
Bon appétit !

page 29
Dans la jungle
1 - la maman, 2 - le père,
3 - le garçon et 4 - la fille.

page 30

Futoshiki

1	3	2	4
3	4	1	2
4	2	3	1
2	1	4	3

Rébus

Impoli (1 – pot – lit).

page 31

En classe

La pièce C.

page 32

Animaths

page 33

Le carrelage

8 carreaux jaunes
et 4 carreaux noirs.

page 34

L'heure du goûter

Natacha a remarqué une tache sur le sac à dos bleu de Paul et surtout la flaque de jus d'orange à ses pieds. C'est donc Paul qui a pris le goûter de Natacha.

page 37

La cuisine

Le batteur ne fonctionne pas puisqu'il n'est pas branché. La table et la chaise du bébé ne devraient pas tenir debout puisqu'il leur manque un pied à chacune.

page 38

Les cubes

page 39

Les robots

3 robots : 300 g
1 robot = 100 g

Le goûter

B : 2 boîtes de cakes = 12 cakes.
Il faut donc 6 paquets
de 2 bouteilles.

page 40

Un anniversaire enchanté

Derrière Sabine, il y a une photo où l'on voit bien clairement 5 bougies. Cette année, elle a donc 6 ans.

page 42

Touché ! Coulé !

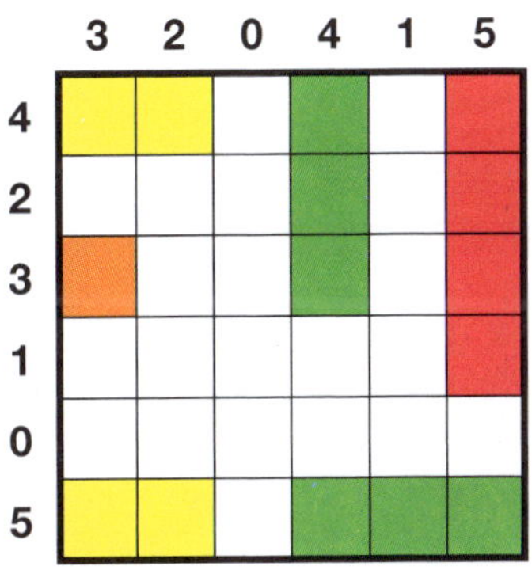

page 43

Au marché

Léa : les pommes,
Damien : les bananes,
Ève : les oranges,
Ana : les poires.

page 44

Les cubes

page 45

Les deux trains

Le premier train a parcouru 20 km de plus que le second, c'est donc le premier train qui roule le plus vite.

Suite logique

Il faut ajouter un rond rouge.

page 46

Bon appétit !

PRÉ

page 47

Il était un petit navire...

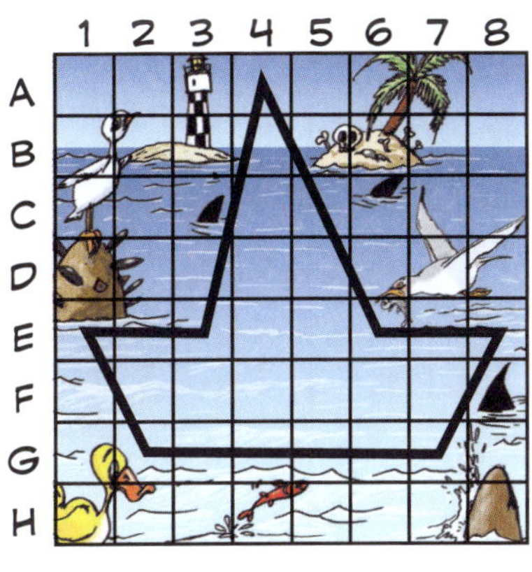

page 48

La plage

Un des crabes a volé le volant de Yannick !

page 50

Calcul

UNE

page 51

Les vélos

1 - Mathilde, 2 - Léa,
3 - Paul et 4 - Mila.

page 52

Futoshiki

2	1	4	3
1	3	2	4
3	4	1	2
4	2	3	1

Rébus

Girafe (J – rat – feu).

page 53

Préhistoire

La pièce C.

page 54

Le code secret

Si tu retournes la calculette, tu peux lire le mot ILE. Ces trois lettres sont donc le code qui permet d'ouvrir le coffre-fort.

page 56

Les cubes

6 cubes = 60 g
1 cube = 10 g

Le nombre mystérieux

Le nombre mystérieux est 1.
1 + 1 + 1 + 4 = 7
1 + 1 + 1 + 7 = 10

page 57

Dans le désert

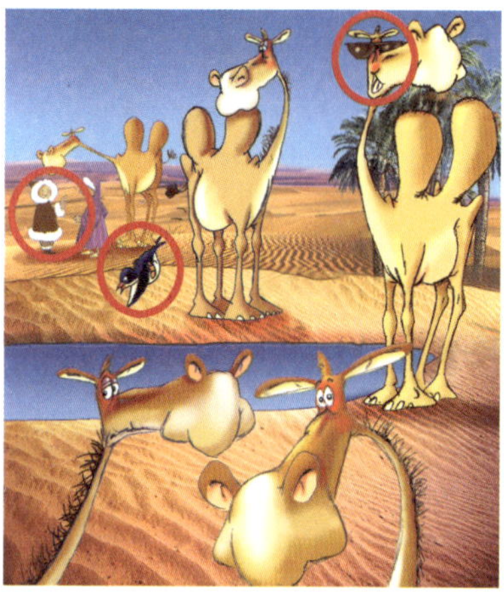

page 59

La cloche a sonné

Noémie va à Perpignan, la ville la plus éloignée de Paris. Chloé va à Lyon, en direction de Marseille. Christian va à Deauville, la ville la plus proche de Paris. Victor va à Brest, au bord de la mer.

page 60

Touché ! Coulé !

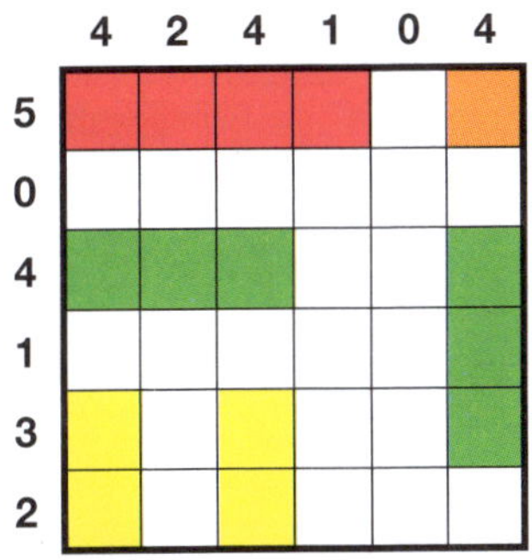

page 61

Le partage

page 62

Les dinosaures

Quand les savants fouillent la terre, ils peuvent retrouver des ossements de dinosaures mais certainement pas un animal entier avec sa peau, comme celui qu'on voit ici.

page 64

Animaths

 = 5  = 1  = 3

 = 2  = 4

page 65

Zoologie

page 66

Bon anniversaire !

Mamie va donner au premier enfant le cadeau à 1 euro plus

celui à 4 euros et au second le cadeau à 2 euros et celui à 3 euros.

Suite logique

Il manque une feuille de calendrier sur deux. Donc, après juillet, il manque le mois d'août. La dernière feuille sera celle de septembre.

page 67

Perdu dans la ville

page 68

Paysage marin

En regardant la peinture, Alicia a remarqué que le peintre avait commis plusieurs erreurs en représentant le paysage.

page 70

Au marché

page 71

La meute

1 - Milou, 2 - Médor, 3 - Pollux et 4 - Titou.

page 72

Rébus

Canari (canne – A – riz).

Futoshiki

4	>	2	>	1		3
		∧				
2	<	3		4	>	1
1		4		3		2
		∨		∨		
3		1		2	<	4

page 73

Les extraterrestres

La pièce C.

page 74

Les balles

7 balles = 140 g

1 balle = 20 g

Les bonbons

Le sachet C.

page 75

Sur la route

1 2 3 4 5 6 7 8

A B C D E F G H

page 76

Le détective

Le voleur a tout de suite remarqué que le détective faisait semblant de lire puisqu'il tient son livre à l'envers.

page 79

Animaths

 = 3  = 4  = 1

 = 5  = 2

page 80

Calendrier

MAI

page 81

Rentrée des classes

22 élèves occupent 11 tables.

Il reste 3 tables libres (14 – 11 = 3).

Suite logique

Chaque horloge indique une heure de moins que la précédente.

La dernière horloge indiquera donc 8 heures.

page 82

Rendez-vous

Tu as reconnu Antoine à gauche, et Marcel à droite.

Solutions

page 84

Touché ! Coulé !

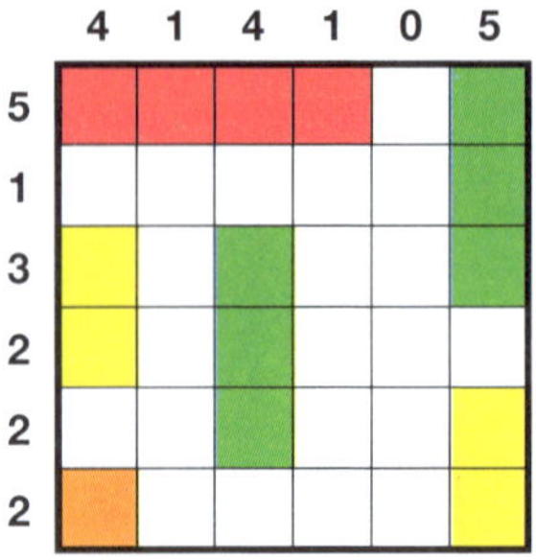

page 85

Déviation

B : Théo parcourt 14 km (7 + 7) de plus.

page 86

Drôle de grotte